# INTRODUÇÃO

LEALDADE. PACIÊNCIA. DEDICAÇÃO. Essas são as características da casa Lufa-Lufa, a mais gentil de Hogwarts, com suas acolhedoras cores amarelo e preto e um texugo como símbolo. Há muitos lufanos notáveis e queridos nos filmes da saga Harry Potter. Desde Cedrico Diggory e a professora Sprout até Ninfadora Tonks, os lufanos são representados por uma vasta gama de bruxas e bruxos. Mas o que significa verdadeiramente pertencer à Lufa-Lufa? Como você pode realçar suas qualidades naturais de lealdade, paciência e dedicação e usá-las em seu dia a dia?

Este diário, composto de atividades para 52 semanas, vai ajudar você a desenvolver a sua Lufa-Lufa interior. Cada semana inclui dois tipos de atividade. O primeiro é um espaço para registrar seus atos diários de lealdade, paciência e dedicação. Em páginas que parecem as de uma agenda, você vai poder anotar os pequenos "momentos lufanos" vivenciados ao longo de sua semana. Mas não precisa se forçar a fazer isso diariamente. Afinal, nem todo dia temos oportunidade de demonstrar lealdade ou dedicação. No entanto, esse exercício lhe dará a chance de perceber de que modo você incorpora seu lado lufano. O segundo tipo de atividade é mais profundo e faz referência a citações, momentos, lugares ou personagens dos filmes, convidando você a pensar de que forma suas características lufanas podem moldar e afetar sua vida. Essas atividades incluem escrita livre, listas, imagens para colorir e muito mais.

Os filmes da saga Harry Potter nos inspiraram; agora está na hora de explorá-los mais a fundo e abraçar a Lufa-Lufa que existe dentro de você.

# SEMANA 1

## MOMENTOS LUFANOS:

Atos diários de lealdade, paciência e dedicação

*Segunda-feira*

*Terça-feira*

*Quarta-feira*

## Quinta-feira

## Sexta-feira

## Sábado

## Domingo

# SEMANA 1

LUFANOS COMO CEDRICO DIGGORY, professora Sprout e Ninfadora Tonks usam sua lealdade, paciência e dedicação para conquistar seus objetivos. Ao abraçar com propósito as qualidades da sua Lufa-Lufa interior, você está agindo ativamente para realizar seus sonhos. O que você espera alcançar ou descobrir utilizando este diário? Como acha que suas qualidades lufanas podem ajudar você nesse processo?

# SEMANA 2

## MOMENTOS LUFANOS:

Atos diários de lealdade, paciência e dedicação

*Segunda-feira*

*Terça-feira*

*Quarta-feira*

*Quinta-feira*

*Sexta-feira*

*Sábado*

*Domingo*

# SEMANA 2

## PAUSA PARA COLORIR

Na primeira noite dos alunos em Hogwarts, o Chapéu Seletor indica para qual casa eles devem ir, levando em conta histórico, talentos, personalidade e escolha pessoal. Por conta de sua lealdade, paciência e dedicação, você foi selecionado para a Lufa-Lufa. Pinte o chapéu abaixo e decore a página ao lado com imagens e enfeites que representem sua identidade lufana.

# SEMANA 3

## MOMENTOS LUFANOS:

Atos diários de lealdade, paciência e dedicação

*Segunda-feira*

*Terça-feira*

*Quarta-feira*

## *Quinta-feira*

## *Sexta-feira*

## *Sábado*

## *Domingo*

# SEMANA 3

EM *HARRY POTTER E A PEDRA FILOSOFAL*, Harry descobre o Espelho de Ojesed em uma sala abandonada de Hogwarts. Ao olhar para o objeto, ele vê os pais. Como o professor Dumbledore explica posteriormente, o espelho mostra o desejo mais ardente do coração de quem o encara. O que você acha que veria se olhasse para o espelho? Você observa alguma ligação entre o seu desejo e a sua identidade lufana? Qual?

# SEMANA 4

## MOMENTOS LUFANOS:

Atos diários de lealdade, paciência e dedicação

*Segunda-feira*

*Terça-feira*

*Quarta-feira*

## *Quinta-feira*

## *Sexta-feira*

## *Sábado*

## *Domingo*

# SEMANA 4

EXISTEM MUITOS PERSONAGENS INCRÍVEIS da Lufa-Lufa nos filmes da saga Harry Potter. Qual é o seu favorito? De que forma você acha que esse personagem representa as características dessa casa?

# SEMANA 5

## MOMENTOS LUFANOS:

Atos diários de lealdade, paciência e dedicação

*Segunda-feira*

*Terça-feira*

*Quarta-feira*

## Quinta-feira

## Sexta-feira

## Sábado

## Domingo

# SEMANA 5

*"Seus triunfos irão render pontos.*
*Se quebrarem alguma regra,*
*irão perder pontos."*

— Professora McGonagall, *Harry Potter e a Pedra Filosofal*

É importante celebrar nossas vitórias. Faça uma lista de cinco vitórias recentes suas que você acredita que renderiam pontos para a Lufa-Lufa. Premie-se com o número de pontos que você acha que ganharia. Bom trabalho!

1.

*Pontos:*

2.

*Pontos:*

3.

*Pontos:*

4.

*Pontos:*

5.

*Pontos:*

# SEMANA 6

## MOMENTOS LUFANOS:

Atos diários de lealdade, paciência e dedicação

*Segunda-feira*

*Terça-feira*

*Quarta-feira*

## Quinta-feira

## Sexta-feira

## Sábado

## Domingo

# SEMANA 6

NO PRIMEIRO DIA DE HARRY EM HOGWARTS, ele e Rony se perdem e chegam atrasados para a aula. Sendo da Lufa-Lufa, imagine como você passaria seu primeiro dia em Hogwarts.

# SEMANA 7

## MOMENTOS LUFANOS:

Atos diários de lealdade, paciência e dedicação

*Segunda-feira*

*Terça-feira*

*Quarta-feira*

## *Quinta-feira*

## *Sexta-feira*

## *Sábado*

## *Domingo*

# SEMANA 7

NOSSAS HABILIDADES E TALENTOS geralmente refletem nossas qualidades interiores naturais. Por exemplo, Harry tem habilidade para voar de vassoura, um talento que, pode-se dizer, reflete as características de ousadia e coragem da Grifinória. Quais habilidades específicas e talentos você tem, e como acha que eles se relacionam com suas qualidades lufanas?

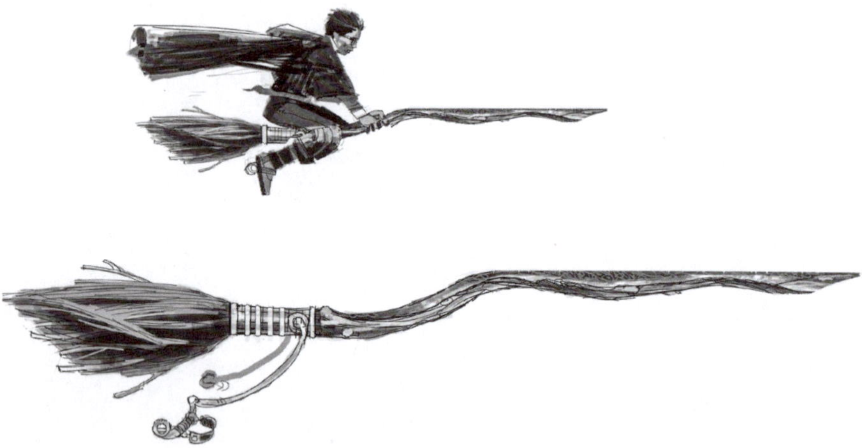

Arte conceitual de Harry e da Firebolt, por Dermot Power.

Arte conceitual, por Adam Brockbank.

# SEMANA 8

## MOMENTOS LUFANOS:

Atos diários de lealdade, paciência e dedicação

*Segunda-feira*

*Terça-feira*

*Quarta-feira*

## Quinta-feira

## Sexta-feira

## Sábado

## Domingo

# SEMANA 8

A PROFESSORA SPROUT É A DIRETORA da casa Lufa-Lufa durante os anos de Harry em Hogwarts. Não há dúvidas de que os professores, principalmente aqueles com quem convivemos de forma próxima, exercem grande influência no tipo de pessoa que nos tornamos ao crescer. Escreva uma carta para o "diretor da sua casa" — um professor ou mentor que ajudou você a desenvolver suas qualidades lufanas —, refletindo sobre o que ele lhe ensinou e agradecendo a ele por ter feito parte de sua jornada.

# SEMANA 9

## MOMENTOS LUFANOS:

Atos diários de lealdade, paciência e dedicação

*Segunda-feira*

*Terça-feira*

*Quarta-feira*

## Quinta-feira

## Sexta-feira

## Sábado

## Domingo

# SEMANA 9

ALÉM DE SER A DIRETORA DA LUFA-LUFA, a professora Sprout também ensina Herbologia em Hogwarts. Em uma cena memorável de *Harry Potter e a Câmara Secreta*, ela ensina os alunos do segundo ano a reenvasar mandrágoras, que mais tarde são usadas para curar os estudantes petrificados pelo basilisco. Como você acha que as qualidades lufanas da professora Sprout são representadas em sua personalidade como educadora? O que acha que pode aprender com ela, tanto como lufano quanto como pessoa?

# SEMANA 10

## MOMENTOS LUFANOS:

Atos diários de lealdade, paciência e dedicação

*Segunda-feira*

*Terça-feira*

*Quarta-feira*

## Quinta-feira

## Sexta-feira

## Sábado

## Domingo

# SEMANA 10

*"Todos temos luz e trevas dentro de nós. O que importa é o lado do qual decidimos agir. Isso é o que realmente somos."*

— Sirius Black, *Harry Potter e a Ordem da Fênix*

Sirius Black diz esta poderosa frase em *Harry Potter e a Ordem da Fênix*, num momento em que Harry está se sentindo assustado, ansioso e inseguro em relação à sua identidade. Podemos interpretar essa frase como um lembrete de que todos nós temos pontos fortes e fracos, nossas características positivas e nossos defeitos. Em geral, pessoas da Lufa-Lufa são descritas como leais, pacientes e dedicadas. No entanto, até mesmo essas qualidades podem atrapalhar, se você permitir que os outros se aproveitem de você. Pense em dois momentos da sua vida: um quando seu comportamento refletiu o lado "luz" da Lufa-Lufa e outro quando refletiu o lado "trevas". Descreva esses acontecimentos na página ao lado. O que você pode aprender com eles?

Luz:

Trevas:

# SEMANA 11

## MOMENTOS LUFANOS:

Atos diários de lealdade, paciência e dedicação

*Segunda-feira*

*Terça-feira*

*Quarta-feira*

## Quinta-feira

## Sexta-feira

## Sábado

## Domingo

# SEMANA 11

EM *HARRY POTTER E O CÁLICE DE FOGO*, Harry conhece Cedrico Diggory, um simpático lufano do sétimo ano. Sendo um jovem bruxo talentoso e um apanhador habilidoso, seu forte senso ético e suas atitudes humildes o ajudam a atingir seus objetivos, incluindo ser o campeão de Hogwarts no Torneio Tribruxo. Escreva três objetivos de longo prazo nos quais você esteja trabalhando neste momento. Como suas habilidades podem ajudar você a alcançar esses desejos?

1.

2.

3.

# SEMANA 12

## MOMENTOS LUFANOS:

Atos diários de lealdade, paciência e dedicação

*Segunda-feira*

*Terça-feira*

*Quarta-feira*

## Quinta-feira

## Sexta-feira

## Sábado

## Domingo

# SEMANA 12

"Pode-se encontrar a felicidade,

mesmo nas horas mais sombrias, se a

pessoa se lembrar de acender a luz."

— Professor Dumbledore, *Harry Potter e o prisioneiro de Azkaban*

Liste dez coisas que alegram seu coração lufano. Lembre-se delas quando estiver passando por momentos difíceis ou estressantes.

1.

2.

3.

4.

5.

6.

7.

8.

9.

10.

# SEMANA 13

## MOMENTOS LUFANOS:

Atos diários de lealdade, paciência e dedicação

*Segunda-feira*

*Terça-feira*

*Quarta-feira*

*Quinta-feira*

*Sexta-feira*

*Sábado*

*Domingo*

# SEMANA 13

EM *HARRY POTTER E AS RELÍQUIAS DA MORTE– PARTE 2*, Ninfadora Tonks, uma valente auror da Lufa-Lufa, se junta ao marido, Remo Lupin, na Batalha de Hogwarts, deixando o filho recém-nascido aos cuidados de seus pais. Tragicamente, sua escolha a leva à morte. Você acha que Tonks tomou a decisão certa naquele momento? Sabendo o que ela sabia na época, você teria tomado a mesma decisão? Por que sim ou por que não?

# SEMANA 14

## MOMENTOS LUFANOS:

Atos diários de lealdade, paciência e dedicação

*Segunda-feira*

*Terça-feira*

*Quarta-feira*

Quinta-feira

Sexta-feira

Sábado

Domingo

# SEMANA 14

## PAUSA PARA COLORIR

Está na hora de demonstrar orgulho por sua casa. Pinte o brasão da Lufa-Lufa, abaixo, e decore o resto da página com adornos e enfeites de sua escolha.

# SEMANA 15

## MOMENTOS LUFANOS:

Atos diários de lealdade, paciência e dedicação

*Segunda-feira*

*Terça-feira*

*Quarta-feira*

Quinta-feira

Sexta-feira

Sábado

Domingo

# SEMANA 15

NOS FILMES DA SAGA, Harry Potter e Draco Malfoy são rivais implacáveis. Você já teve um rival? Essa pessoa estava na mesma casa que a sua ou pertencia a outra? O que nessa pessoa ia contra suas características lufanas?

# SEMANA 16

## MOMENTOS LUFANOS:

Atos diários de lealdade, paciência e dedicação

*Segunda-feira*

*Terça-feira*

*Quarta-feira*

## Quinta-feira

## Sexta-feira

## Sábado

## Domingo

# SEMANA 16

O CASTELO DE HOGWARTS É UMA IMENSA e antiga construção repleta de salas de aula, salas comunais, mirantes suspensos, masmorras obscuras, torres altas, escadas que se movem e mais de uma sala secreta. Qual parte do castelo você teria mais vontade de explorar? Vê alguma ligação entre sua escolha e sua identidade lufana? Qual?

Arte conceitual do exterior e do interior do Castelo de Hogwarts, por Andrew Williamson.

Da esq. para a dir., em sentido horário: O exterior do Castelo de Hogwarts, por Andrew Williamson; arte conceitual de um vitral do banheiro dos monitores, por Adam Brockbank; estudo do Corujal, por Andrew Williamson; esboço conceitual dos alunos do segundo ano na Estufa Três, por Andrew Williamson.

# SEMANA 17

## MOMENTOS LUFANOS:

Atos diários de lealdade, paciência e dedicação

*Segunda-feira*

*Terça-feira*

*Quarta-feira*

## *Quinta-feira*

## *Sexta-feira*

## *Sábado*

## *Domingo*

# SEMANA 17

IMAGINE QUE VOCÊ TENHA A OPORTUNIDADE de entrevistar algum personagem da Lufa-Lufa dos filmes da saga Harry Potter. Quem você escolheria? Escreva dez perguntas que faria.

**10 PERGUNTAS PARA:** ______________________

1. ______________________

2. ______________________

3. ______________________

4. ______________________

5.

6.

7.

8.

9.

10.

# SEMANA 18

## MOMENTOS LUFANOS:

Atos diários de lealdade, paciência e dedicação

*Segunda-feira*

*Terça-feira*

*Quarta-feira*

## *Quinta-feira*

## *Sexta-feira*

## *Sábado*

## *Domingo*

# SEMANA 18

EM *HARRY POTTER E O CÁLICE DE FOGO*, Harry encontra um grupo de alunos da Lufa-Lufa portando distintivos "Potter Fede". Eles caçoam de Harry e o intimidam por ser o quarto campeão do torneio Tribruxo— um comportamento longe de ser apropriado para um grupo de lufanos. Você já agiu de alguma maneira que fosse contra as características da sua casa? Descreva as circunstâncias abaixo.

# SEMANA 19

## MOMENTOS LUFANOS:

Atos diários de lealdade, paciência e dedicação

*Segunda-feira*

*Terça-feira*

*Quarta-feira*

Quinta-feira

Sexta-feira

Sábado

Domingo

# SEMANA 19

NOS FILMES DA SAGA HARRY POTTER, membros de uma família são frequentemente — mas nem sempre — selecionados para a mesma casa. Enquanto todos os Weasley são da Grifinória e todos os Malfoy são da Sonserina, personagens como Sirius Black, Parvati Patil e Padma Patil estão em casas diferentes das de seus familiares. A quais casas seus pais e irmãos pertenceriam e por quê? Como você acha que isso pode ter contribuído para você ser da Lufa-Lufa?

# SEMANA 20

## MOMENTOS LUFANOS:

Atos diários de lealdade, paciência e dedicação

*Segunda-feira*

*Terça-feira*

*Quarta-feira*

## Quinta-feira

## Sexta-feira

## Sábado

## Domingo

# SEMANA 20

*"Palavras são, na minha nada humilde opinião, nossa inesgotável fonte de magia. Capazes de causar grandes sofrimentos e também de remediá-los."*

— Professor Dumbledore, *Harry Potter e as Relíquias da Morte– Parte 2*

## AS PALAVRAS IMPORTAM!

Escreva um mantra para ajudar você a acessar sua Lufa-Lufa interior. Use o espaço abaixo para esboçar seus pensamentos e escreva a versão final no escudo da página ao lado.

# MEU MANTRA DA LUFA-LUFA

# SEMANA 21

## MOMENTOS LUFANOS:

Atos diários de lealdade, paciência e dedicação

*Segunda-feira*

*Terça-feira*

*Quarta-feira*

## Quinta-feira

## Sexta-feira

## Sábado

## Domingo

# SEMANA 21

*"Bem-vindos a Hogwarts.
Bom, em alguns minutos, vocês vão atravessar essas portas e conhecer seus colegas, mas antes de tomarem os seus lugares vão ser selecionados para suas casas. Elas são Grifinória, Lufa-Lufa, Corvinal e Sonserina. Enquanto estiverem aqui, suas casas serão como suas famílias."*

— Professora McGonagall, *Harry Potter e a Pedra Filosofal*

Pense em seus amigos mais próximos.
A quais casas eles pertencem? São da mesma que você?
Como isso afeta seu relacionamento com eles?

# SEMANA 22

## MOMENTOS LUFANOS:

Atos diários de lealdade, paciência e dedicação

*Segunda-feira*

*Terça-feira*

*Quarta-feira*

## Quinta-feira

## Sexta-feira

## Sábado

## Domingo

# SEMANA 22

PENSE EM SUAS INTERAÇÕES SOCIAIS

como um típico lufano. Escreva sobre um momento em que você e seus amigos agiram como sendo da Lufa-Lufa. O que você fez? Por que essa lembrança, em particular, é valiosa para você?

# SEMANA 23

## MOMENTOS LUFANOS:

Atos diários de lealdade, paciência e dedicação

*Segunda-feira*

*Terça-feira*

*Quarta-feira*

## Quinta-feira

## Sexta-feira

## Sábado

## Domingo

# SEMANA 23

*"Não há um bruxo que tenha ficado mau que não foi da Sonserina."*

— Rony Weasley, *Harry Potter e a Pedra Filosofal*

A frase acima, dita por Rony Weasley durante a cerimônia do Chapéu Seletor em *Harry Potter e a Pedra Filosofal*, ilustra o fato de que estereótipos existem, mesmo no mundo bruxo. Seja a crença de que todas as pessoas da Sonserina são "más" ou de que todas da Lufa-Lufa são menos talentosas, esses estereótipos podem ser nocivos e injustos. Quais são os estereótipos sobre as pessoas da Lufa-Lufa que você sente serem injustos? O que você diz quando se vê diante deles?

# SEMANA 24

## MOMENTOS LUFANOS:

Atos diários de lealdade, paciência e dedicação

*Segunda-feira*

*Terça-feira*

*Quarta-feira*

## Quinta-feira

## Sexta-feira

## Sábado

## Domingo

# SEMANA 24

*"Mas escute: se para você significa muito, você pode escolher a Grifinória... O Chapéu Seletor leva sua opinião em consideração."*

— Harry Potter, *Harry Potter e as Relíquias da Morte— Parte 2*

Nos filmes da saga, o Chapéu Seletor havia originalmente planejado colocar Harry na Sonserina, mas o garoto implorou para o chapéu não fazer isso, e o Chapéu Seletor aceitou sua decisão. Caso pudesse decidir, você escolheria ser da Lufa-Lufa? Por que sim ou por que não?

# SEMANA 25

## MOMENTOS LUFANOS:

Atos diários de lealdade, paciência e dedicação

*Segunda-feira*

*Terça-feira*

*Quarta-feira*

## Quinta-feira

## Sexta-feira

## Sábado

## Domingo

# SEMANA 25

EM *HARRY POTTER E A PEDRA FILOSOFAL*, Harry, Rony, Hermione e Draco são pegos fora da cama à noite e penalizados com uma detenção na Floresta Proibida. Imagine que penalizaram você com uma detenção em Hogwarts. Com base na sua personalidade como alguém da Lufa-Lufa, quais regras você acha que teria mais propensão a quebrar e por quê?

# SEMANA 26

## MOMENTOS LUFANOS:

Atos diários de lealdade, paciência e dedicação

*Segunda-feira*

*Terça-feira*

*Quarta-feira*

## Quinta-feira

## Sexta-feira

## Sábado

## Domingo

# SEMANA 26

EM *HARRY POTTER E O PRISIONEIRO DE AZKABAN*, o professor Lupin ensina aos alunos do terceiro ano como repelir um bicho-papão, uma criatura das trevas que assume a forma do maior medo de alguém. Você tem algum medo específico que esteja relacionado com sua identidade lufana? Medo da rejeição? Medo de indelicadeza? Escreva seus medos na página ao lado. Depois, na página seguinte, onde está escrito "*Riddikulus*!", descreva o que você usaria para repelir o bicho-papão caso ele se transformasse em seu maior medo.

O bicho-papão com a aparência do mestre das Poções, Severo Snape, vestido como a avó de Neville Longbottom. Croqui de Jany Temime, desenhado por Laurent Guinci.

Riddikulus!

Arte conceitual do bicho-papão na versão caixa-surpresa, por Rob Bliss.

# SEMANA 27

## MOMENTOS LUFANOS:

Atos diários de lealdade, paciência e dedicação

*Segunda-feira*

*Terça-feira*

*Quarta-feira*

## *Quinta-feira*

## *Sexta-feira*

## *Sábado*

## *Domingo*

# SEMANA 27

PENSE NA CASA com a qual você sente mais dificuldade de se identificar. Em relação a essa casa, o que você, como alguém da Lufa-Lufa, acha difícil de entender ou valorizar?

# SEMANA 28

## MOMENTOS LUFANOS:

Atos diários de lealdade, paciência e dedicação

*Segunda-feira*

*Terça-feira*

*Quarta-feira*

## Quinta-feira

## Sexta-feira

## Sábado

## Domingo

# SEMANA 28

APESAR DE NUNCA VERMOS A SALA COMUNAL da Lufa-Lufa nos filmes, podemos imaginar como ela seria com base na personalidade da casa. Olhe em volta de seu próprio espaço. Quais objetos ou elementos você sente que refletem seus gostos como alguém da Lufa-Lufa?

# SEMANA 29

## MOMENTOS LUFANOS:

Atos diários de lealdade, paciência e dedicação

*Segunda-feira*

*Terça-feira*

*Quarta-feira*

## *Quinta-feira*

## *Sexta-feira*

## *Sábado*

## *Domingo*

# SEMANA 29

OS FILMES DA SAGA HARRY POTTER estão repletos de exemplos de pares românticos formados por pessoas de casas diferentes, como Lupin e Tonks, Harry e Cho, Neville e Luna. Pense em seu parceiro romântico ideal. Vocês são da mesma casa? A qual casa seu parceiro pertence e por quê?

# SEMANA 30

## MOMENTOS LUFANOS:

Atos diários de lealdade, paciência e dedicação

*Segunda-feira*

*Terça-feira*

*Quarta-feira*

## *Quinta-feira*

## *Sexta-feira*

## *Sábado*

## *Domingo*

# SEMANA 30

IMAGINE QUE A LUFA-LUFA ACABOU DE VENCER a Copa das Casas. Como você comemoraria? Use este espaço para anotar algumas ideias para a festa perfeita, à qual todas as pessoas da Lufa-Lufa, de toda parte, adorariam comparecer.

# SEMANA 31

## MOMENTOS LUFANOS:

Atos diários de lealdade, paciência e dedicação

*Segunda-feira*

*Terça-feira*

*Quarta-feira*

## Quinta-feira

## Sexta-feira

## Sábado

## Domingo

# SEMANA 31

QUANDO OS ALUNOS DO PRIMEIRO ANO

de Hogwarts são selecionados para suas casas, eles têm 11 anos. Você acha que teria sido selecionado para a Lufa-Lufa com essa idade? Como você mudou ou cresceu desde então?

# SEMANA 32

## MOMENTOS LUFANOS:

Atos diários de lealdade, paciência e dedicação

*Segunda-feira*

*Terça-feira*

*Quarta-feira*

## Quinta-feira

## Sexta-feira

## Sábado

## Domingo

# SEMANA 32

EM *HARRY POTTER E O ENIGMA DO PRÍNCIPE*, Harry recebe a missão de recuperar uma lembrança do professor Slughorn. Isso representa um problema, já que o relutante professor, ao perceber o que Harry está tentando fazer, passa a evitá-lo. No fim, Harry resolve a questão ao tomar uma dose de Felix Felicis e apelar para uma lembrança que Slughorn tem de sua mãe. Sendo da Lufa-Lufa, como você resolve seus problemas? Quando foi a última vez que usou suas qualidades lufanas para resolver um problema e como as usou?

# SEMANA 33

## MOMENTOS LUFANOS:

Atos diários de lealdade, paciência e dedicação

*Segunda-feira*

*Terça-feira*

*Quarta-feira*

## Quinta-feira

## Sexta-feira

## Sábado

## Domingo

# SEMANA 33

EM *HARRY POTTER E A ORDEM DA FÊNIX*,
Harry erroneamente acredita em uma visão enviada a ele por Lorde Voldemort, que mostra seu padrinho, Sirius, em perigo. Harry corre para ajudá-lo, uma ação que, no fim, leva à morte de Sirius. Pense na última vez que você cometeu um erro. Houve algum aspecto da sua identidade lufana que desempenhou um papel nessa situação? O que você poderia ter feito diferente?

# SEMANA 34

## MOMENTOS LUFANOS:

Atos diários de lealdade, paciência e dedicação

*Segunda-feira*

*Terça-feira*

*Quarta-feira*

## Quinta-feira

## Sexta-feira

## Sábado

## Domingo

# SEMANA 34

*"Não estou indo para casa.*

*Não mesmo."*

— Harry Potter, *Harry Potter e a Pedra Filosofal*

Todas as pessoas têm lugares especiais em suas vidas. Lugares onde se sentem elas mesmas. Para Harry, esse lugar é Hogwarts. Pense em um local que seja importante para você. Como esse local realça as qualidades que simbolizam sua Lufa-Lufa interior?

# SEMANA 35

## MOMENTOS LUFANOS:

Atos diários de lealdade, paciência e dedicação

*Segunda-feira*

*Terça-feira*

*Quarta-feira*

## *Quinta-feira*

## *Sexta-feira*

## *Sábado*

## *Domingo*

# SEMANA 35

EM *HARRY POTTER E O CÁLICE DE FOGO*, Harry enfrenta um Rabo-Córneo Húngaro, que protege um ovo dourado na primeira tarefa do Torneio Tribruxo. Ele usa sua vassoura para cumprir a missão, uma decisão que combina com seus atributos grifinórios. Como você utilizaria suas qualidades lufanas — paciência e dedicação — para cumprir essa tarefa?

Arte conceitual de Harry enfrentando o Rabo-Córneo Húngaro, por Paul Catling.

Outra arte conceitual de Harry e o Rabo-Córneo Húngaro, por Paul Catling.

# SEMANA 36

## MOMENTOS LUFANOS:

Atos diários de lealdade, paciência e dedicação

*Segunda-feira*

*Terça-feira*

*Quarta-feira*

## *Quinta-feira*

## *Sexta-feira*

## *Sábado*

## *Domingo*

# SEMANA 36

EM *HARRY POTTER E A CÂMARA SECRETA*,
Harry descobre que sabe falar com cobras, uma habilidade que o assusta por conta da ligação com bruxos das trevas. Já descobriu algo a seu respeito que tenha assustado você? Como pode usar seus atributos lufanos para superar esse medo?

# SEMANA 37

## MOMENTOS LUFANOS:

Atos diários de lealdade, paciência e dedicação

*Segunda-feira*

*Terça-feira*

*Quarta-feira*

*Quinta-feira*

*Sexta-feira*

*Sábado*

*Domingo*

# SEMANA 37

ENQUANTO A VIDA NOS FILMES da saga Harry Potter é sempre animada, no mundo real todos nós ficamos entediados de vez em quando. No entanto, o tédio pode ser resolvido com um pouco de criatividade. Elabore uma lista de dez coisas que você pode fazer agora para desafiar, impressionar ou inspirar sua Lufa-Lufa interior. Lembre-se dessa lista na próxima vez que precisar de inspiração.

1.

2.

3.

4.

5.

6.

7.

8.

9.

10.

# SEMANA 38

## MOMENTOS LUFANOS:

Atos diários de lealdade, paciência e dedicação

*Segunda-feira*

*Terça-feira*

*Quarta-feira*

*Quinta-feira*

*Sexta-feira*

*Sábado*

*Domingo*

# SEMANA 38

## PAUSA PARA COLORIR

A taça de Helga Hufflepuff é um artefato icônico da Lufa-Lufa, inspirado em cálices dourados e taças medievais em formato de cardo. Quais objetos na sua vida representam sua identidade lufana? Pinte a taça abaixo e decore a página ao lado com desenhos, colagens e enfeites que simbolizem esses objetos.

# SEMANA 39

## MOMENTOS LUFANOS:

Atos diários de lealdade, paciência e dedicação

*Segunda-feira*

*Terça-feira*

*Quarta-feira*

## Quinta-feira

## Sexta-feira

## Sábado

## Domingo

# SEMANA 39

*"Porque nos sonhos entramos num*
*mundo inteiramente nosso.*
*Deixe que mergulhe no mais profundo*
*oceano ou flutue na mais alta nuvem."*

— Professor Dumbledore, *Harry Potter e o prisioneiro de Azkaban*

Nossos sonhos podem revelar muito sobre nosso mundo interior. Escreva a seguir um sonho recente e explique como ele se relaciona com sua identidade lufana.

# SEMANA 40

## MOMENTOS LUFANOS:

Atos diários de lealdade, paciência e dedicação

*Segunda-feira*

*Terça-feira*

*Quarta-feira*

## Quinta-feira

## Sexta-feira

## Sábado

## Domingo

# SEMANA 40

IMAGINE QUE VOCÊ SE TORNOU MONITOR em Hogwarts. É seu dever orientar os novos alunos do primeiro ano da Lufa-Lufa. Escreva cinco conselhos que você daria para ajudá-los a abraçar sua identidade lufana.

1.

2.

3.

4.

5.

# SEMANA 41

## MOMENTOS LUFANOS:

Atos diários de lealdade, paciência e dedicação

*Segunda-feira*

*Terça-feira*

*Quarta-feira*

## *Quinta-feira*

## *Sexta-feira*

## *Sábado*

## *Domingo*

# SEMANA 41

NOS FILMES DA SAGA, Harry encontra muitos adultos que admira e respeita — como Remo Lupin, Minerva McGonagall e até mesmo Severo Snape — e que o ajudam em seu desenvolvimento como herói. Pense em alguém da Lufa-Lufa no mundo real que seja presente em sua vida e tenha inspirado você. O que mais admira e respeita nessa pessoa?

# SEMANA 42

## MOMENTOS LUFANOS:

Atos diários de lealdade, paciência e dedicação

*Segunda-feira*

*Terça-feira*

*Quarta-feira*

## *Quinta-feira*

## *Sexta-feira*

## *Sábado*

## *Domingo*

# SEMANA 42

*"Aqueles que nos amam nunca nos deixam de verdade. E você sempre pode encontrá-los. Aqui."*

— Sirius Black, *Harry Potter e o prisioneiro de Azkaban*

Pense em alguém que você tenha perdido, seja por morte ou outra circunstância. Reflita sobre sua relação com essa pessoa e o que ela ensinou a você. Ela desempenhou um papel no seu desenvolvimento como um lufano? Como?

# SEMANA 43

## MOMENTOS LUFANOS:

Atos diários de lealdade, paciência e dedicação

*Segunda-feira*

*Terça-feira*

*Quarta-feira*

## *Quinta-feira*

## *Sexta-feira*

## *Sábado*

## *Domingo*

# SEMANA 43

O MUNDO BRUXO É REPLETO de uma gama assombrosa de criaturas mágicas: dragões, hipogrifos, elfos domésticos, centauros, fênix e muito mais. Qual criatura você acha que tem características similares às da Lufa-Lufa? Como você pode trazer o espírito dessa criatura para seu cotidiano?

Acima à esquerda: arte conceitual de um testrálio, por Rob Bliss.
Acima à direita: arte conceitual de Fawkes, a fênix, por Adam Brockbank.

Da esq. para a dir., em sentido horário: arte conceitual de Aragogue em sua toca, por Adam Brockbank; um centauro com seu arco e flecha, também por Adam Brockbank; Harry e Hermione voando em Bicuço, o hipogrifo, arte de Dermot Power.

# SEMANA 44

## MOMENTOS LUFANOS:

Atos diários de lealdade, paciência e dedicação

*Segunda-feira*

*Terça-feira*

*Quarta-feira*

Quinta-feira

Sexta-feira

Sábado

Domingo

# SEMANA 44

HÁ GRANDES MOMENTOS DE PERIGO e luto nos filmes da saga de Harry Potter, principalmente nos últimos, à medida que o mundo bruxo se envolve cada vez mais em uma guerra devastadora contra Lorde Voldemort. No mundo real, todos lidam com estresse, dores e perturbações emocionais de vez em quando. Por isso, é importante priorizar o autocuidado. Como alguém da Lufa-Lufa, o que autocuidado significa para você? Como você se cuida diante do estresse ou da dor?

# SEMANA 45

## MOMENTOS LUFANOS:

Atos diários de lealdade, paciência e dedicação

*Segunda-feira*

*Terça-feira*

*Quarta-feira*

*Quinta-feira*

*Sexta-feira*

*Sábado*

*Domingo*

# SEMANA 45

VOCÊ CONSEGUIU UMA GRANDE ENTREVISTA de emprego. Como pode usar seus atributos da Lufa-Lufa para ficar com a vaga? Elabore uma lista de coisas que você pode fazer para se preparar.

1.

2.

3.

4.

5.

# SEMANA 46

## MOMENTOS LUFANOS:

Atos diários de lealdade, paciência e dedicação

*Segunda-feira*

*Terça-feira*

*Quarta-feira*

## Quinta-feira

## Sexta-feira

## Sábado

## Domingo

# SEMANA 46

HÁ DIVERSOS E GRANDES EXEMPLOS de heróis lufanos nos filmes da saga Harry Potter: Cedrico Diggory, Ninfadora Tonks, sem falar de todos os lufanos que entraram para a Armada de Dumbledore. O que você acha que define um herói da Lufa-Lufa? Pertencendo a essa casa, como você pode ser um herói na vida de alguém?

# SEMANA 47

## MOMENTOS LUFANOS:

Atos diários de lealdade, paciência e dedicação

*Segunda-feira*

*Terça-feira*

*Quarta-feira*

## *Quinta-feira*

## *Sexta-feira*

## *Sábado*

## *Domingo*

# SEMANA 47

EM *HARRY POTTER E A CÂMARA SECRETA*, Draco Malfoy insulta Hermione para instigar Rony Weasley a atacá-lo, um ato que atinge em cheio as qualidades grifinórias de cavalheirismo e determinação de Rony. Alguém já usou suas características da Lufa-Lufa contra você? O que você poderia ter feito diferente?

# SEMANA 48

## MOMENTOS LUFANOS:

Atos diários de lealdade, paciência e dedicação

*Segunda-feira*

*Terça-feira*

*Quarta-feira*

## Quinta-feira

## Sexta-feira

## Sábado

## Domingo

# SEMANA 48

EM *HARRY POTTER E A ORDEM DA FÊNIX*, Harry e seus amigos fundam a Armada de Dumbledore, um grupo estudantil secreto dedicado a enfrentar as regras de Dolores Umbridge e a aprender na prática técnicas para se proteger contra a magia das trevas. Sendo da Lufa-Lufa, como você pode defender aquilo em que acredita? Quais passos você sente que pode dar para contribuir com uma causa?

# SEMANA 49

## MOMENTOS LUFANOS:

Atos diários de lealdade, paciência e dedicação

*Segunda-feira*

*Terça-feira*

*Quarta-feira*

## Quinta-feira

## Sexta-feira

## Sábado

## Domingo

# SEMANA 49

*"Seremos tão fortes quanto formos unidos e tão fracos quanto formos desunidos."*

— Professor Dumbledore, *Harry Potter e o Cálice de Fogo*

Pense num momento em que você teve um conflito com alguém que personifica as características de outra casa. Como você conseguiu resolver a situação? Suas qualidades lufanas se mostraram um trunfo ou um obstáculo?

# SEMANA 50

## MOMENTOS LUFANOS:

Atos diários de lealdade, paciência e dedicação

*Segunda-feira*

*Terça-feira*

*Quarta-feira*

## *Quinta-feira*

## *Sexta-feira*

## *Sábado*

## *Domingo*

# SEMANA 50

COMO TODOS SABEM, AS CARACTERÍSTICAS da Lufa-Lufa são lealdade, paciência e dedicação. Após 50 semanas de reflexão e desenvolvimento, com qual dessas qualidades você mais se identifica? Com qual se identifica menos? Existem outras que você sente que também combinam com o perfil da Lufa-Lufa, mas não são muito comentadas?

# SEMANA 51

## MOMENTOS LUFANOS:

Atos diários de lealdade, paciência e dedicação

*Segunda-feira*

*Terça-feira*

*Quarta-feira*

*Quinta-feira*

*Sexta-feira*

*Sábado*

*Domingo*

# SEMANA 51

*"Temos uma coisa que*
*Voldemort não tem.*
*Pela qual vale a pena lutar."*

— Harry Potter, *Harry Potter e a Ordem da Fênix*

Todos acreditam na importância de lutar por alguma coisa. Sendo da Lufa-Lufa, pelo que você acha que vale a pena lutar? Como você luta por essa coisa?

# SEMANA 52

## MOMENTOS LUFANOS:

Atos diários de lealdade, paciência e dedicação

*Segunda-feira*

*Terça-feira*

*Quarta-feira*

## Quinta-feira

## Sexta-feira

## Sábado

## Domingo

# SEMANA 52

*"Em breve, teremos que escolher entre o que é certo e o que é fácil."*

— Professor Dumbledore, *Harry Potter e o Cálice de Fogo*

Para esta última atividade, reflita sobre o que você aprendeu. Como suas qualidades lufanas ajudam você a tomar as decisões certas?